먼 곳을 보고 있는 것 같소!

먼 곳을 보고 있는 것 같소!

펴 낸 날 2023년 5월 5일

지 은 이 왕광옥
펴 낸 이 이기성
편집팀장 이윤숙
기획편집 윤가영, 이지희, 서해주
표지디자인 윤가영
책임마케팅 강보현 김성욱
펴 낸 곳 도서출판 생각나눔
출판등록 제 2018-000288호
주   소 서울 잔다리로7안길 22, 태성빌딩 3층
전   화 02-325-5100
팩   스 02-325-5101
홈페이지 www.생각나눔.kr
이 메 일 bookmain@think-book.com

• 책값은 표지 뒷면에 표기되어 있습니다.
  ISBN   979-11-7048-553-7(03810)

왕광옥 세 번째 시집

먼 곳을 보고 있는 것 같소!

생각나눔

목
차

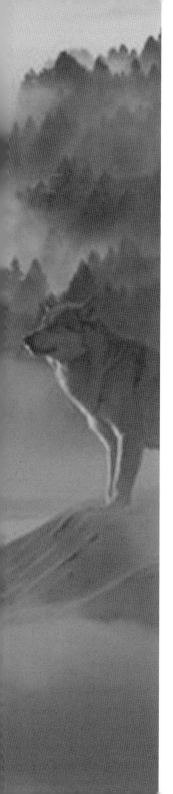

2부
철새는 철새였을 때가 아름다운 것이야

3부
31층 아파트와 무당거미의 건축학

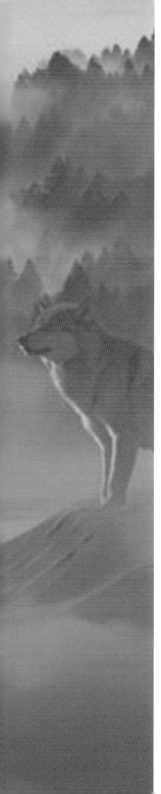

4부
충신은 버려져도

서시

갇히지 않았어도 움직일 수 없는 꽃으로는

내 인생이 간다
그래 폭싹 늙고 썩어서
다음 생엔 시인이고 피아니스트고
마라토너로나 태어나렴
작은 새로 태어난 데도
난 기꺼이 받아드리고 싶다

그러나
꽃으로는 피지 말거라
너무 답답하잖니!
나는 훨훨 날으며
나의 기품을 용맹성을
아름다움을 보여주고 싶어!

갇히지 않았어도 움직일 수 없는 꽃으로는 피지 말거라

시인의 말

나이야! 나보고 어쩌란 말이냐!

"그대 이름은 장미!"

날씨가 이렇게 추운데도
꼿꼿하게 서서 피어 있구나
너의 일 년 나이 중 마지막 단계인 초겨울
그래도 이쁘구나
나도 인생 접을 나이인데
꼿꼿하게 우아하게 서 있고 싶은데
계단에서는 잡고 올라가고
자꾸 의자에 앉고 싶어지고
어쩌란 말이냐
나이야!
나보고 어쩌란 말이냐!

유치환의 「파도야 어쩌란 말이냐」를 차용함
사실은 차용한 게 아니고
나에게 물어보는 건데
유치환이 먼저 말했으니
나는 차용하는 것일 수밖에

1부

먼 곳을
보고 있는 것 같소!

먼 곳을 보고 있는 것 같소!

먼 곳을 보고 있는 것 같소
당신 네들처럼…
대통령이나 검찰 총장 자리쯤!

난 지금 내 배를 채워 줄
통통히 살이 오른 한 마리 여우를 쫓고 있소
됐수?

장 발장한테 물어볼까요?

밥 먹고
이불 속으로
퐁당 들어 왔네요
오늘이 어제고
어제가 오늘이네요
탈출하려면?
장 발장한테 물어볼까요?

시몬과 농부

낙엽
시몬! 너는 좋으냐
낙엽 밟는 발자국 소리가…

아니
낙엽 위에 눈이 쌓여 있어!
눈이 녹으면
조금씩 녹기 때문에 비 오는 거보다
낙엽이 잘 섞을 거 같아!
가을에 가물어서
낙엽이 날아다녔어!
눈이 덮고 있으니 너무 좋아!

시몬!
시인과 농민의 차이가 엄청나지?
아니야
시인과 농부는
거기서 거기
한 발자욱 차이네유
낙엽을 밟으면 기분이 좋겠지요
그러나 많은 사람이 밟아 보세요

냄새에 지저분의 천국이죠

쓸고…

떨어진 낙엽 또 좋지요

또 쓸고 또 쓸고

아파트 경비 아저씨가 하시는 말씀

나무 있는 아파트 경비는 절대 안 하려고 했는데…

하시드구만…

은행나무 아래 은행잎도 눈 속에 덮여

안 날려서 좋아요

그대로 섞으면 거름이 되겠지요

우수

12월인데 니가 피었더라

낙엽들 죽어버린 풀 들 어울리지 않게 쑥 내미는 얼굴

우리나라 얼굴은 아닌 듯 커다란 바위

바위야 내일이 우수래

비 오는 거 받아들여 습기를 모았다가 먼지도 끼고 이끼도 끼면

너도 언젠간 한국 것이 될 거야

한국이 자랑스런 나라가 되었구나

옛날에는 아니었거든!

한국은 못살고 압박받는 부끄러운 나라였어!

우리나라가 못살았기에

다른 나라와 운동경기에서만 이겨도

얼마나 자랑스러웠는지 몰라!

김일 레슬링, 김기수 권투 하는 날이면

모두 내가 선수인 양 들떠 있었어!

우리 국민들 모두 애국자인지도 몰라!

우리도

심청이가 봉사님들 초청하듯

독립 투사님들 초대해

큰 잔치를 벌였으면 좋겠다

안중근 의사님

단재 신채호 선생님
유관순 열사님
김마리아 님 얼굴 좀 뵙게요
아니
맛있는 것 좀 드시라구요

일제강점기 때 배고팠을 독립 투사들을 생각하면
삼일절 광복절엔 맛있는 음식으로 대접했으면 좋겠어요

그 밭이 없었다면 어이 건지리!

그 밭이 없었다면 어이 건지리!
사람들은 나더러
그깟 밭때기 뭐하러 해요
아무것도 안 나오는데 한다

그러나 난 밭을 일군다
남의 밭에 가서 시 쓸 수 없잖아!
곤충을 관찰해도 한 시간 두 시간씩
남의 밭에 앉아 있을 순 없잖아!
등에다 나는 시인하고
써 붙이고 다닐 수도 없고
남의 땅을 파 볼 수도 없잖아!
텃밭만 한 거 하루 종일 앉아서
지렁아! 미안해 다치게 해서 가슴 아파해 주고
무당거미 줄에 걸린 잠자리를
구해줘야 하나 말아야 하나 고민에 빠지고
사마귀를 보고
내가 악마로 보이니? 라는 시구를
그 밭이 없었다면 어이 건지리!

오늘도 하루 종일 밭에서 고랑 파고 파 심고 상추 심고

시금치 보리 마늘도 심고
상추 캐다가 이집 저집 나누어 줄 생각에
기분이 좋아져 집으로 향한다

우리 집 알토란
올해는 토란을 잘못 키웠어!
돼지감자 때문에 그늘이 져 버렸거든
내년엔 돼지감자는
NO

올챙이나 지렁이는 언제 개구리가 되고 용이 됩니까?

공항에서 나오는데
자기 친구의 얼굴이 크게 광고판에 붙은 거예요
친구한테 전화했더니
그런 연락을 받은 적이 없대요
그래서 공항에 가 봤더니 대문짝만하게 떠 있드래요.
그 사람은 어떻게 했을까요
내 생각에
돈 안 들이고 광고하니 좋을 것 같은데
광고료 받기 위해 경쟁에 들어갔죠
이 사람 저 사람 받아 내야 한다고 주장하고
그때는 받아야 한다고 했지만
지금은 악용하지 않으면 그대로 두라고 하더라구요
음악 하나 사진 하나 쓸 수 없으니
세상이 너무 각박하더라구요
활성화도 되지 않잖아요
조금씩 양보하며 광고주들은 배려도 잊지 말아야죠
평범한 사람이고 유명 작가도 아닌데…
내 사진이 내 음악이 뜬다면 좋은 일 아닌가요
요즘은 개천에서 용도 안 나는데
sns상에서나 미디어나 광고에서
용이 나면 개천 용보다 더 뜬 거 아닌가요

입시에서 개천 용이 많았는데
한 번 뜨고 나면 그만이었죠
sns상의 용은
명예도 돈도 다 가질 수 있잖아요
내 말은 너무 얄팍하게 굴지 말고 sns상의 용龍도
뜰 수 있게 제도를 고치자는 겁니다
법률을 만들어도 좋구요
뭐가 뛰니 망둥이도 뛴다고 너도 나도 도용에 휩싸이니
올챙이나 지렁이는 언제 개구리가 되고 용이 됩니까?
문을 활짝 열어 버립시다
너도 나도 용龍이 될 수 있다구요
문만 열면! …

조용필의 돌아와요 부산항에가
미디어가 없었다면
우리나라에 가왕이 있었을까요?

신비하다고 할 수밖엔

옆집 개밥을 주러 가다
산수유 나무에 눈이 가다
이렇게 추운데 며칠 전 꽃망울이 보이더니
꽃망울이 벌어지며 노오란 꽃잎이 보인다
어떻게 이 겨울을 보냈니?
밤새 노오랗게 피워낼 꽃만 생각했니
신기하다 시계도 안 찼는데
계절을 어찌 알았노
며칠 전 입춘이 지났다는 걸 뉴스 보고 알았니?
아님
사람들의 얘기소릴 듣고 알았니?
나는 너를 보고 봄이 오고 있음을 아는데…
철새가 방향계도 없이 적도를 넘나드는 거나
추운 겨울밭에서
봄을 따다가 입춘이 막 지나면
아파트 앞 화단에 봄을 깃발처럼 꽂아 놓는 너!
신비하다고 할 수밖에

나에게 방랑의 연감을 주렴!

새해야 어서 와 같이 놀자
난 시인인데
넌 뭐니?
방랑자?
나에게
멋진 시를 쓸 수 있도록
방랑의 연감을 주렴
2023년 1월 1일 12시에 쓰기 시작해
지금은 12시 6분
나에게 와줘서
고마워!
인공위성에서 찍은 사진이
백두산 꼭대기에 핀 꽃까지 찍히다니
세상 참…
좋구려!

사기를 읽고 또 읽어도 소진 장의 범수 같은 인물이 필요해!

 물에 잠긴 아버지를 읽으며
아일랜드 독립을 그린 영화 보리밭을 흔드는 바람이 생각났다
아일랜드에 내전이 일어나면 누가 좋아할까
영국이 "너희들 그만 싸워" 할까?

한국전이 발발해서 누가 좋았을까?
일본은 전쟁물자 팔아서 강대국의 반열에 올랐고
중국은 처치대상을 한국전에 투입했고
미국은 너희들은 우리가 도왔어 하며 친미 정권을 세워
한국 일본 미국의 연합으로 극동지역 방어에 나섰고…

너희들 한번 싸워봐 하며 군침 흘리고 있을 이웃나라들!
우리가 또 싸워야 하나!
조나라의 인상여 같은 외교관도 좋지만
지금은 소진 장의 범수 같은 외교관을
실전 배치해야 되는 건 아닐까?
역사는 그들을 소인배며 사기꾼이라지만
사기를 읽고 또 읽어도
소진 장의 범수 같은 인물이 필요해!

백제 무령왕릉에서

잘생기셨죠
키도 엄청 컸대요
그 시대에 그 요람을 가지셨다니
백제
대단해요
중국에도
백제성 있잖아요
우리가 문서를 보관 못 했기 때문에
밑이 없는 역사가 되어 버렸죠
아쉬워요!

스승의 날을 즈음하여

 스승의 날을 맞이하여 모기 선생님이 생각난다
유재석이 메뚜기인 것처럼
외모에서 오는 첫인상 짓궂은 아이의 한마디
"모기처럼 생겼다"에서부터 시작해
그 후 모기 선생님이 되셨다
우리는 얼마나 많이 그 선생님을 괴롭혔던가!
모기를 잡아다 스카치 테이프로 붙여 교탁에 붙여 놨던 일
선생님의 당황한 빨간 얼굴을 보며 좋아했던 우리들
그런데 오늘 왜 그 선생님이 보고 싶어지는 걸까
졸업식날
졸업생인 우리는 싱글벙글인데 그 선생님의 눈가는 빠알갛다
아무 말도 못 하시고 먼 곳만 바라보시던 선생님
밖에 나가서 눈물을 닦고 오셔서도 또 아무 말도 못 하시던 선생님
어느 철학자가 그렇게 멋진 사랑을 품을 수 있었을까요
선생님 맘 많이 아프셨죠
저희가 모기 선생님이라 불러서요
별명은 아름답게 불러져야 되는 건데 죄송해요
그래도 선생님이 제일 보고 싶은 건
선생님의 사랑이 저희들 가슴속에
가득 차 있기 때문일 거예요
선생님 지금은 대왕 모기님라 불러드리죠

대왕 모기님!

올여름 절대로 고삼생들은 물지 말라고 명하십시요

세계인의 건강을 위해

전 일류를 물지 말라고 하면 좋겠지만

모기들도 먹고 살아야지요

선생님!

메뚜기 유재석이 개그계를 평정했듯

선생님이 교육계를 평정하십시요

우리에게 베풀던 사랑으로!!

선생님 사랑해요

많이 많이 사랑해요

세월아! 그래 와라 나랑 놀자

국화 축제에 다녀오느라
오후부터 뒷 터에 보리 싹을 널다
조금 덜 큰 듯했는데
마르면서 커져서
마치 알맞다
내가 기른 엿기름 중 최고의 작품이다
이제 청국장을 띄워야지!
그다음이 메주 띄우기
그다음이 김장하면 끝이다
올 일 년도 다 갔구나
한 살 다 먹었어!
세월아 그래 와라
나랑 놀자

옛날로 돌아갈래!

논뚝 가는 길엔 시계풀이 널려 있었어!
세월이 지나고
어느 날 껌을 씹는데
향이
어디서 많이 맡아본 향내가 나는 껌인 거야
그 뒤 오랫동안 몰랐는데
이사 와서 밭뚝 가를 걷는데
자꾸 껌 향기가 나는 거야
어느 날
시계풀의 향기를 맡았어!
아! 처녀적 논뚝 가의 그 향기
그 껌 향기
밭 뚝 가에서 나던 껌 향기
이 시계풀 향기
이 향기가 시계풀 향이었어!
나는 시계풀을 꺾어다 화병 가득 채우고
옛날의 그때로 돌아가고 있었다
설경구처럼
옛날로 돌아갈래!

박하사탕의 마지막 장면 떠오르세요

은행나무가 슬픈 이유

아파트 앞 은행나무
엊그저께만 해도 초록색이어서
올해는 왜 단풍이 안 들까 했는데
한 이틀 지났는데
멀리서 보니 노오란 단풍이 그림처럼 서 있네
5층에 올라와 이리 찍고 저리 찍고 하는데
노랑이가 하는 말
좋수!
우리는 잎새들과 이별이라 슬프고 아쉬운데
얼씨구 좋다 그러네요
찬바람이 씽 지나가면 잎들이 우리 가지들을 보호해 줬는데
엄마 같은 잎들이 져 버리면
우리들은 고아 신세라우
가끔 새들이 날아와 집도 짓지만
인간들이 똥 싼다고 쫓아 버리지!
우리들의 텔레비전을 너희들이 빼앗아간 거야
새들의 새끼 키우는 모습이 얼마나 예뻤는데!
우리의 눈을 앗아간 거지!
너희들은 모르지!
왜 나무가 슬픈지!
봄이면 봄바람 모아 새싹 만들고

여름이면 태풍 올까 단단히 잎사귀 단속하고
가을이면 제사상 올리는 어르신께 드리려고
속 찬 은행알을 만들지!
사실은 내 후세를 위한 일이기도 해!
그런데 인간들은
은행 껍질에서 냄새난다고 나를 버리지!
너희들은 아무 생각 없이 버리지만
봄 여름 가을 일한 우리의 노력을
보람없이 헛되이 버리고 마는 너희들의 행동에
마냥 슬프고 마는 나무
나는 은행나무란다

내 생일날 피아노를 불러주는 내 아들 승우에게

내 생일날 아침이었다
따르르릉 따르르릉 여보세요 하는 순간
승우의 목소리가 들렸다
엄마 오늘이 엄마 생일 날인데 꽃은 토요일날 드릴게요
오늘은 엄마한테 노래를 불러드리면 안 돼요? 하는 것이다
내가 직장 관계로 멀리 떨어져 있는 것이다
그래 한번 불러 봐라 했다 그랬더니 컴퓨터를 켜는 것 같았다
시간이 어느 만큼 흐르고 전주곡이 흘렀다
그러더니 나에게는 조금 생소한 음악이 흘러나왔다
나는 어머니 은혜를 부르려는 줄 알았는데
분명 대중 가요처럼 들렸으며 연습을 많이 한 듯 노래를 잘했다
노래가 끝났다 어색한 듯 엄마 여기까지만 부를게 하는 것이다
그래라 무슨 노래냐 참 좋다
엄마 조성모가 부르는 피아노야 엄마도 좋지?
그래 참 좋다 어떻게 엄마 음악 취향까지 알았니?
너 노래도 잘하는구나 했더니
정말? 에이 빈 소리인 줄 알지만
그래도 엄마가 칭찬해 주니 기분 좋다
빈 소리라는 말까지 할 줄 아는 내 아들!
정말 많이 커버린 내 아들!
나의 사업 실패로 학원도 못 보내고

가슴 아팠는데 엄마의 내면 세계까지 들어온 너

벌써 6학년이니 고생의 문턱으로 들어서는 나이구나

아이인 줄만 알았는데 피아노를 불러줄 수 있는

네가 되었다

내 사랑 지켜만 봐도 안 될까요 아파져도 난 그대를 사랑해요

이렇게 나 영원히 삶이 다해도 나 그댈 위해 늘 기도할 거예요

승우야! 조성모보다 더 잘 부르는구나 이보다 더 큰 행복이 어디

있겠니!

난 조성모 노래 필요 없어 강승우 노래면 돼

승우야!

피아노…

영원히 간직할게 녹음 테이프보다 선명하게 내 마음속에 간직할게

오늘 내 생일날처럼 날마다 날마다 행복했으면 좋겠다

마지막 초등학교의 겨울을 즐겁게 보내라 건강하게 자라렴

석류꽃(너 자신을 잘 가꾸었기에)

아파트 앞에 피어 있는 석류 꽃 안아 주고 싶은 꽃이다
그러나 눈을 한번 씽긋 감아 줘야 그 맛이 난다
아마 석류는 맛이 너무 시어서 못 먹는 과일이었을지도 몰라!

그러나 꽃이 너무 이쁘고 다 익은 석류의 모습에선
웃고 있는 선인의 모습이 보인다
그래서 가까이 두는 과일이 되었고 과학이 발달 되자
높은 가치의 과일이 되었다
석류 너!
개구리, 올챙이 적 생각 못 하면 안 돼
넌
시고 떫고 맛없는 과일이었어!
너는 너를 잘 가꾸었기에
꽃을 열매를 울타리 안에 넣을 수 있었어!
넌 마키아벨리처럼 용감히 살아온 거야
마키아벨리는 실축했지만
너는 골─인 했네
멋지다 석류

마키아벨리는 로렌초 데 메디치에게
군주론을 바쳤지만 정치에 인문 못했다

메디치는 마키아벨리의 술수를 읽었던 걸까?
석류는 최고의 과일이 되었는데…

시고 떫은 과일을 누가 좋아했겠어요
석류 자신이 살아남기 위해 꽃을 이쁘게 피우고
열매를 이쁘게 개량해 간 거지요
울타리 안에서 주인의 보호를 받으며
억센 자연의 낭구¹를 이긴 거죠
잘 가꾸지 못 한 내 자신에 대한 반성이랄까!

1 낭구: 나무의 옛말

고인돌을 보고 있노라면

고인돌을 보고 있노라면
신석기인이 금방 튀어나올 것만 같아요

왜 입마개를 했누?
지금 사람들은 다 입이 아프나?
우리는 입 아픈 사람이 없었는데
종족이 다른가 보다 하며
가려고 하네요
아니요 같은 종족이에요 해도
믿을 수 없다는 듯 그냥 가시네요

우리의 국력만이 우리를 보장해 주는 겨…

우크라이나와 러시아가
우크라이나에서 싸우면
누가 손해일까?
임진왜란 때 일본 놈이 쳐들어와
우리나라에서 싸웠어!
병자호란 때 중국 놈이 쳐들어와
우리나라에서 싸웠어!

고구려와 수나라의 전쟁
고구려가 이겼으나 우리나라 국민이 욕봤다
그래서 수나라가 2대에 그쳤지만
당나라가 일어섰고
나당 연합군에 고구려가 갔다
전쟁은 모두 이 금수강산에서였다
우크라이나
백번도 더 이해하지만
쳐다만 보아야 하는 우리도 괴롭다우

힘을 길러야 혀!
누구도 믿을 수 없어!
우리의 국력만이 우리를 보장해 주는 겨…

오-메! 어째야 쓰까이…

선녀님들이 바캉스를 즐기려 내려왔는데요

나무꾼이 옷을 안 훔쳐 가드래요

그래서 호기심이 많은 선녀님이

나무꾼집을 찾아갔드래요

"옷을 훔쳐가야 이야기가 되지요" 하고 말했답니다

그랬더니 나무꾼의 말

"난 금도끼 은도끼에 나오는 나무꾼인데요

나무꾼과 선녀의 나무꾼이 아니라구요"

하더랍니다

그랬더니 선녀의 말

오-메! 어째야 쓰까이…

선녀님이 전라도 하늘 위에서 사나 봐요

아님

전라도 사나이가 허벌나게 멋있어 분졌던지…

옥수수 익는 냄새 같은 바로 정이죠

어제 11층 아줌마가
묵은 김치를 두 통을 주셨다
내가 묵은 김치를 좋아한다는 걸 아신 모양

난 내가 선물 받은 것 중 무얼 갖다 드릴까 생각했다
선물용 멸치가 눈에 띄었다
얼른 들고 11층으로 향했다
우린 서로 좋은 건 나눠 먹는다

오늘 아침에
옥수수를 따 왔다며 또 가지고 오셨다
나도 뭔가 또 찾아봐야지!
부담 없이 주고받는 것
옥수수 익는 냄새 같은 바로 정이지요
시골 인심 같은 거…

2부

철새는 철새였을 때가
아름다운 것이야

나비의 추억

낭만스럽게 보이시나요
아니요
낭만 옆에 가보지도 못했네요
추워요
낭만도
살 만할 때 있는 거라오
전생에서의 아랫목의 추억담이 그립소

"곤충은 연약한 게 아니야 그렇게 보일 뿐이지!"

고구마 밭에 있는 사마귀를 보고
사각진 머리 모양에 무섭다는 생각을 했었다
그러나 언제나 건강하고
야무진 모습에 너를 생각하게 되었어!
왠지 연약한 곤충들을 보며
강인한 너에게 찬사를 주고 싶었다구
"곤충은 연약한 게 아니야
그렇게 보일 뿐이지!"
알고 있습니다 고구마님!

돈도 못 버는 인기 없는 엄마랍니당

내 시집이 10월에 나옵니다
블로그 이웃님들께
주소를 주라고 할 수도 없고
전화번호도 그렇고
만나서 드리기는 더욱 어렵더라구요
내 인터넷에 주소 주시면 시집 보내드릴게요
지금 말고 10월 중순쯤 글 올릴게요
주소 주시기 싫으면
인터넷에서 사주시면 더욱 좋습니다
댓글도 달아주시고…
내 시집은 1, 2 시집 모두 국립 중앙도서관에 소장됐구요
각 대학에도 소장되어있습니다
국회도서관에두요
제3 시집의 제목은
갇히지 않았어도 움직일 수 없는 꽃으로는 피지 말거라 인데
제목이 너무 길어서 불편하더라구요
그래서 먼 곳을 보고 있는 것 같소!로 바꾸었네요
90편이 준비되어 있는데 문학상 등 문제로 미루고 있어요
문학상이 9월 말쯤 발표된다네요
나는 음악도 좋아합니다
고교 시절 학교방침이 1인 1악기여서

피아노 전공했구요

예술만 먹고 사는

돈도 못 버는 인기 없는 엄마랍니당

잠자리

너의 투명한 날개빛 너머에
풍성한 여인처럼
고개 숙인 나락 위를 올랐다 내렸다
섬에 유배된
어느 선비의 유유자적하던 그 모습과 닮았구나

안으로는
억센 이빨 감추고 글이나 쓰는 시인처럼
허수아비 머리 위를 감도는 너는
'잠자리' 하고 써놓곤
아무것도 쓰지 못하는 나 같은 엉터리 시인

너의 투명한 날개빛 너머에
선비의 세상이 있지 않을까
너의 반사경 같은 눈이 없어도 살 수 있는곳
내가 쓰고 싶어 몸살 나지 않아도 되는 시가 있는 나라
무릉도원 같은 나라
잠자리야!
그런 나라는 없어 복숭아꽃이 피면 벌 나비가 와야 되고
거름도 주아야 되고
열매가 맺히면 따서 씻어야 먹을 수 있어!

무릉도원은

술이 있는 나라에서 쓴 거고

이기심이 가득 찬 시인이 쓴 거야

생각해 보니

무릉도원은

꽃만 있었지 복숭아는 없었어!

당연한 결과지!

너도 일을 해야 유유자적할 수 있고

나 또한 고뇌해야 시를 쓸 수 있다는 걸 알 것만 같애!

서로 다른 길

귀뚤뚤 귀뚤뚤
나를 시를 쓰게 한 너!
귀뚤뚤 귀뚤뚤
장독 뒤서 우는구나
귀뚤뚤 귀뚤뚤
뚝하면 부러질 것 같아
네가 뛸라 치면
나는 눈을 꼬옥 감는다

옛날의 너는
어느 성의 왕자님
마귀 할멈 위 요술에 흉한 모습 되었지만
언젠가는 우리 곁에 와줄
우리의 왕자님
귀뚤뚤 귀뚤뚤
서민생활에 서툴 듯
너의 더듬이는 왜 그리 어설플까
물속에도 빠지고
연탄불에도 뛰어든다
그건 세상을 배우게 하는 임금님의 참 사랑일지도 모르지만
너의 소리가 없으면 가을이 여기에 멈추지 않을 것 같아

너의 죽음을 슬퍼하는데
그래도 너는 해마다 찾아와 귀뚤거리니
나는 잃어버렸던 시를 찾고
네가 왕자님이 되는 날은 나는 시를 잃을 테니
너와 나의 꿈은
서로 다른 길을 걷는구나

부처샘

옛날 어느 스님이 길을 가다
지팡이를 꽂았더니 물이 나왔다는 부처샘
나 초등학교 때
소풍 가다 목마르면 물 떠 먹던 곳
새벽에 토끼가 세수하러 왔다가 물만 먹고 가던
옹달샘이었는데
지금은 이름하여 부처샘
이름을 불러 주어 너는 나에게로 와서 꽃이 되었다던
그 시구처럼
높은 부처샘이 되었다
부처님 하면 뒤로 돌아서는 어느 장노님마저
약수터에 들락이는 걸 보면 인생 무상을 느낀다
인생은 단독 드리블일 수 없고
그 어느 누군가가 갖다 놓은 바가지는
많은 사람의 목을 적셔 주고
차례 차례 물 받는 모습에 외국 영화에서 보는
장면 같기도 하고
부부와 아이와 다정스러움에 샘이 나가도 하고
이렇게 깨끗하고 휴게실에 의자까지 있지만
못내 아쉬운 건
토끼가 세수하러 올 만한 그런 정취가 없다는 것

모두가 시멘트 벽이고, 플라스틱 물줄기

혼자서 가는 시계

언젠가부터 우리의 것이 되어버린 깨끗한 시민 의식

그러나 우리의 토끼는 어디로 갔을까요

내, 초등학교 때

세수하러 왔다가 물만 먹고 가는 토끼가 있었는데요

아무도 모르게 물만 먹고 가는 토끼가 있었는데요

좌 택시 우 버스

엄마는
이제 돌아갈 집을 찾고 싶어 하신다
가만히 헤어보니
육십하고도 아홉
"내 들어갈 곳이 있어야 할 텐데"
그 말씀에 내 가슴엔 못이 박힌다
어느 날부턴가
산을 찾기 시작했다
내 나름대로의 좌 청용 우 백호는 아니드래도
앞이 트이고
물이 흐르고 그늘이 지지 않는 곳
토질이 좋고 그래도 후손에 내리 비칠 그런 곳
그 길은 멀고도 험했다
포기 각서에 내 마음을 찍었다
다음 날 사촌이 왔다
산!!!!!!
지금 명당이란 좌 택시 우 버스야
우리 대 가진 성묘가 있지만 다음 대부턴
좌 택시 우 버스까진 그래도 명당 축

쓸쓸하다는 말이 쓰고 슬프고 쓸쓸하다는 말이었을까!

나무꾼의 순수야말로
사랑을 품을 수 있는 그릇이 아니었을까!

백두산 천지
구름이 둥실 떠받고 있는 모습이다
선녀가 내려올 만해!
나무꾼이 옷을 감출 만해!
선녀는
나무꾼의 순수가 얼마나 좋았을까!
나무꾼은
선녀의 구름 속 같은
아름다움이 얼마나 예뻤을까!
여차하면
비 되어 흘러가 버릴 것 같은 아슬함
여차하면
눈 되어 쏟아져 버릴 것 같은 소복함
하늘 나라라고 시기와 질투가 없었겠어!
나무꾼의 순수야말로
사랑을 품을 수 있는 그릇이 아니었을까!
선녀는
사랑받기 위해 내려온
천지의 손님인 것이여!
한국인의 영원한 사랑받이인 것이여!

가을 여인

들판에 서다
미술 시간에 배운 원근법이
들판에 있다
누구의 작품일까
수수의 가을은
휘늘어짐이
노랫가락이 나올 것 같고
뚝 불거진 알알이
가을 여인을 연상케 한다

맨 처음 누가 저고리를 만들었을까
그 여인은 사색하는 여인이었을 것 같다
그 여인이 가을 들판에 서다
풍요로움에 젖고
가을이 주는 영상에 수많은 몸살을 앓았다
시가 무언지 모르는 여인은 뭔가 쓰고 싶어 울었고
우리글이 없던 고구려 시대쯤
수수의 휘늘어짐을 소매 만들고
가을산을 바라보며 삼각 동정 만들고
섶이며 도련이며 깃으로 시를 엮었다
빠알간 단풍잎 노오란 은행잎으로

색동을 만들 줄 아는 그 여인은
그림이 무언지 모르면서 미술가였다
그 여인은 시인이요 미술가며
하나의 커다란 회화를 창조해낸 예술가였다

화순 적벽
멋지다고 봐 주는 바로 당신의 작품입니다

그림 좋아하세요

화순은 오지호 화백의 고향이기도 하거든요

김삿갓이 왜 화순에 머물렀을까요?

인심 좋고, 풍광 좋고, 중국 삼국지의 적벽보다 더 멋진

동복의 적벽!

창랑적벽, 물염적벽, 노루목적벽, 보산리적벽

멋집니다

누구의 작품일까요?

멋지다고 봐 주는 바로 당신의 작품입니다

눈은 보배지요

당신의 눈에 비친 동복의 적벽

당신의 눈이 그려낸 작품이지요

당신은 오늘부터 화가입니다

화순 동복면에 있는 적벽입니다

화순 국화 축제에 오시면 일거양득~~~적벽도 들리세요

그만한 곳 한국에는 동복 적벽밖에 없어요

멋져요 아름다워요

어릴 때 판소리 적벽가가 있잖아요

화순 적벽을 노래하는 줄 알았어요

유비가 적벽에서 패하고 백제성에 머물렀잖아요

송장 메뚜기(전화위복)

이렇게 싱싱하고 건강한데
송장이라니
부르는 내가 부끄럽다
나 아닌 다른 것들은
아무렇게나 불러도 된다는 심보
인간 심보
송장 메뚜기야
어쩌면 넌 복 받은 지도 몰라
다른 메뚜기는 후라이팬을 거쳐 가지만
넌 건너뛸 수 있잖니?
이름 때문에 누가 널 잡진 않아!
넌
이름 때문에
넓은 초원에서
인간이란 적 없이 살 수 있는 거야

봄의 부침

꽃샘 바람하면
추위를 견디고 선 깊은 산속의
이름 모를 꽃 이야기가 생각나고
마알근 봄 처녀의 치맛자락 날리는
아름다움을 담은 것 같은 이름이기도 하다
꽃샘 바람은
모든 자연을 깨우는 종치기 할아범 같기도 하고
꽃샘 바람은
싱그러움과 소망을 나누는 봄의 산타클로스 같기도 하다

철새는 철새였을 때가 아름다운 것이야

사철나무엔 꽃눈이 크네요
철새인 왜가리가
텃새가 되어버린 지 오래.
저 풍경이야 아름답지만
세워둔 차 앞 유리에
페인트처럼 부어놓은 분료
멋진 천변 카페에서 훌랄라
차를 마시고 나오던 차 주인의
어떤 놈이 페인트로 이래 놨어!
지나던 내가
새가 그랬네요 했더니
하려던 쌍욕이 스물 스물 사라지고
큰 새라 용량이 많아서
닦아서는 안 되고
세차장으로 가려 해도 앞이 보이지 않는다

철새는 철새였을 때가 아름다운 것이야

그럼 신들은 다 어디로 갔죠?

그리스 신화를 읽었는데

사실 만화책으로 된 것이어서 이해하기 쉽고

중요 부분만을 모아 놨기 때문에 쏘옥쏘옥 머리에 들어오더라구요

부분 부분 알고 있었던 것들이 틀 속에 꽉 들어가네요

그래도 트로이전쟁 포에니전쟁 등 왜 일어나게 되었는지 뭔가 알

수 있었고

트로이의 장군들이 이탈리아로 건너갔다는 것도 알게 됐어요

그리스 신화는 여기서 끝이죠

로마의 이야기는 신화가 아니고 역사이니까…

그럼 신들은 다 어디로 갔죠?

헤라

아프로 디테 등 …

아!

(미안하지만)

헤라는 아침 드라마 속에 있고

아프로디테는 박물관에 있네요

그럼 제우스 님은요

당신의 안방에서 자빠져 축구 보고 있잖아요

여차하면 곁눈질하는 당신의 남편

제우스 닮지 않았나요

수십억 버는 운동선수들 하늘에서 살기 심심해

인간세상으로 내려와 축구신, 야구신, 골프신이 된 거죠
제우스는 곁눈질하는 것이 더 좋아서 당신들의 남편이 된 거구요
당신의 제우스는 안녕하신가요

겨울을 나고 있는 안쓰러운 유카

오늘 아침 눈속에 저렇게 피어있는
유카의 꽃잎을 만져 보았죠
두꺼운 비닐 같은 꽃이네요
겨울을 이기려고
연습경기를 하는 거 같애
어쩌면 너의 다음 세대는
겨울에도 쓰러지지 않고
활짝 핀 유카를 볼지도 모르겠구나

무당 거미

난 억울하게도 무당거미네요
나를 보호하기 위한 무늬가
무당이 되었군요
지금이야 무당 무당하지만
우리나라 단군님도
하늘과 사람을 이어주는 반 신이었죠
나도 단군님 땅 아래 살았으니
단군님의 백성이죠
당신들 지금은 서양 옷을 입었지만 한국인이지!
나 지금 무당옷을 입었지만
현대를 살아가는 당신과 같은 백성이요
너무 무속이라고 관세하지 마소
손바닥에 王자를 쓰든, 무슨 도사님을 모시든
당신도 점집에 가보지 않았소!
겉으로 보이는 것만 현실은 아니라오
나 무당옷은 입었지만 무당이 아니듯이…

잘하는지 못하는지는
나중에 두고 볼 일…
역사는 가림막으로 가릴 수 없다는 것
아시죠?

딸기!

꽃보다 이쁜 열매
딸기꽃이 그러더라구요
그래도 딸기는 내 딸이라오!
손님!
맞— 죠?
올겨울 딸기가 너무 비싸서
멀리서만 보았는데
발품 팔아서 산 딸기
자존심 뭉개고
이천 원에 샀다오!
겨울에는
이만 원도 넘었을걸!

화순 공공 도서관의 목련

도서관의 지식을 먹어설까
목련마저 우아하네
나도 날마다 도서관에 가니
도서관 식구인데
나도 저 목련처럼
우아하려나~~~~

야! 너 자신을 알아라
소크라테스
소크라테스 아재
부끄럽게 왜 그래요
난 목련처럼 우아하면 안 되나요?

우리도 평창이라고 써진 누빈 옷 한 벌 입을 수 있는 영광이 있다면!

내 블로그 해바라기 꽃 속 벌 이야기

해바라기 속 벌아!
넌 좋겠다
이런 고민 없어서…
어이없다는 듯 쳐다보던 꿀벌이
방관자여!
지금 두꺼운 옷 입고 있지요?
이불 속에서 따뜻하게 누워 있지요?
우리는 작은 꿀벌 통 안에서
서로를 껴안으며
겨울을 보낸다오

쓸데없는 고민 같은 건
죽어서 누워 있을 때나 하시구려
우리도 평창 써진 누빈 옷 한 벌 입을 수 있는
영광이 있다면 얼마나 좋겠소

벌 이야기

사랑도 품을 줄 아는 당신은

들장미
나는 너만 보면 노천명이 생각나!
들장미 울타리 엮고 살고 싶다던 천명
넓은 창을 갖고 싶다던 천명
여우 나는 골짜기 이야기를 듣고 싶다던 천명!

5월이 왔네요
가난하지만 넓은 창이 있고
그러나 화분이 너무 많아
별들도 들여놓을 수 없고
높은 층이어서 들장미 울타리도 칠 수 없고
여우 나는 산골 이야기를
해 줄 사람이 없구랴

그래도 사랑도 품을 줄 아는 당신은
행복한 사람이었다는 거
아실랑가요

아야! 지금 호랑이 가죽은
군데 군데 꾸미고 잘려서 진짜 호랑이 가죽은 없단다

이름없는 여인이 되어   —노천명

왜 이름없는 여인이 되고 싶었을까!

얼마나 유명하기에…

그 시대엔 이름있는 여인이 별로 없었을 거야

지금은

주목 받기 위해 얼마나 노력하는가

의상 요리 sns까지 좋아요를 받기 위해

별별 아부 다 하지 않는가!

나 또한 나를 알리기 위해

블로그에 글을 올린다

내가 죽어 이름없는 사람이 되면

너무 허무하지 않은가

호랑이는 가죽을 남기는데!

난 뭐야

아야! 지금 호랑이 가죽은 군데 군데 꾸미고 잘려서

진짜 호랑이 가죽은 없단다

너도 그냥 너면 되는 거야

아니야!

난 나를 대신 해 줄 시를 갖고 싶어!

노천명하면 사슴 그렇듯이…

상여 뒷이야기

아내와 딸과 아들의 마음이 어떻든
상여는 간다
어야 어어어어야 어야 어어야어야어어야
딸이 부르는 아부지 소리는 동네사람들 눈물을 부르는데
천년이나 살 것 같던 까무잡잡한 그는 대답도 못 한 채 누워 있다
"같이 가 같이 가"
아내의 몸부림이 온 동네를 덮는데
가는 그는
결코 행복한 사나이였다
검은 피부가 되도록 일한 보람은
아내의 딸의 아들의 가슴의 상처일지라도
헛된 삶은 아니기에 몸부림치는 슬픔들이 가는 길을 에워싸고
훌륭한 사람은 아니어도
출세한 사람도 아니어도
한 가정의 당당한 사람이었으니
출세한 사람보다 훌륭한 사람보다
행복한 길을 가는구려!

3부

31층 아파트와
무당거미의 건축학

유카예요

유카예요
별 볼 일 없는 꽃나무인 것 같아도
이렇게 우아한 꽃을 피운다우
나두 너두 모두 그럴 수 있다오

아인슈타인의 논리

아인슈타인이 학생들에게 물었다
두 사람이 굴뚝에서 나왔다
한 사람은 더러웠지만 한 사람은 깨끗했다
누가 먼저 목욕탕으로 달려갔을까요?
한 학생이 더러운 사람이 먼저 달려갔겠죠!
아인슈타인의 말
더러운 사람은 깨끗한 사람의 얼굴을 보고
깨끗한 사람은 더러운 사람의 얼굴을 보고
그때 한 학생이 깨끗한 얼굴의 사람이 먼저 달려갔겠네요
그러자 아이슈타인의 말   틀렸소!
두 사람 다 굴뚝에서 나왔는데 어찌 한 사람만 깨끗할 수 있겠소
이것이 바로 논리라는 거요.
아인슈타인다운 말이네요
책을 읽다 너무 멋진 말이어서 옮깁니다
이제 알 것 같아요
내가 너무 똑똑하다고 자만 했나 봐요
sns에 안 올리는 사람들이 더 영리했는데…
미안 쏘리!
난 알아요
그 노래가 생각나!

아름다운 군인

프랑스의 전쟁영웅 딜런의 이야기입니다

수많은 군사를 이끌고 전쟁에 출전하게 되었는데

적의 저항이 너무도 거세서 한 발자욱도 앞으로 나갈 수 없었습니다

그때 장군이 성을 함락시키는 자에게는 거액의 상금을 내릴 것이다

그러나 한 명의 병사도 자원하지 않았습니다

그가 나약한 병사를 원망하자 한 병사가 그에게 이렇게 말했습니다

장군님 군인에게 상금은 중요하지 않습니다

군인에게 가장 중요한 건 전쟁의 명분입니다

그 말을 알아차린 장군이 다시 군사들을 향해 소리쳤습니다

프랑스 군사들이여! 우리의 조국 프랑스를 위해 용감하게 싸워라!

그러자 순식간에 병사들이 사기가 오르더니

일제히 적군의 성을 향해 뛰어들기 시작하였습니다

전쟁이 끝날 무렵 1,194명의 병사들 중 90명의 병사만이 살아서
돌아왔습니다

나라를 위해 용감하게 희생하는 병사들의 마음을 돈으로 움직이
려 한 것은

그들을 무시하는 처사라고밖에 볼 수 없지요

프랑스 국민으로서의 자존심이 무엇보다 중요했기 때문입니다

중요한 이야기입니다

인생에서도 참작해 볼 만한 이야기지요

멋진 장교에 조언할 수 있는 병사가 있다는 거!

그 말을 이해할 수 있는 장군!
먼저 간 병사들에게 아름다운 군인이었다고 내 글에 남깁니다

우리나라 한산도 대첩이라든지
이순신 장군의 전쟁사를 보면
12척의 배로 어떻게 삼백 오십 척의
배를 이길 수 있었겠어요
조국 조선을 위해
있는 힘껏 싸우지 않았을까요!
조선의 군사들이여!
자랑스럽습니다
이름 한자 남기지 못한 우리의 병사들!
당신의 가슴에 승리라는 푯말을 달아드립니다
감사합니다

잡으려는 자와 잡히지 않으려는 자

철쭉 밑 거미줄입니다
우리 눈엔 지저분하게 보이지만
곤충들에겐 생명의 터전이지요
잡으려는 자와 잡히지 않으려는 자
곤충들의 생명의 선 같은 거지요
사느냐 죽느냐의 길

사형 선고를 받은 날이래요
그것도 모르고

오늘이 안중근 의사님이 사형 선고를 받은 날이래요

그것도 모르고

오늘 많이 웃었는데

미안해요

존경하고 또 존경합니다

헝가리무곡

바이올린의 선율

브람스여!

멋지네요

김용민 라이브에서 흐르는 곡

안중근 의사님도 들어주세요

아가가 어떻게 장가간다냐

　TV에서 젊은 남자와 여자가 포옹하고 있었다
"엄마 저 형아 왜 오빠대"
"아니 사랑하는 사이인가 봐"
"근데 왜 오빠라고 부른대 그럼 장가 안 갔어"
"장가 안 갔지"
장가가 뭔지 아는지 보려고
"너는 장가갔냐"고 물었더니
"아가가 어떻게 장가간다냐 하하하"
승우와 난 한바탕 크게 웃고 말았다 96. 5. 5.

엄마, 나비가 많이 와

흥분한 상태로
"엄마 이리 와 봐!"
"왜 바쁜데 말해봐"
훨훨 나는 흉내를 내며 "엄마, 나비가 많이 와"
"이 겨울에 무슨 나비" 하며 따라나섰다
밖엔 눈이 오고 있었다
"엄마 나비 많지"
여름에 나비는 많이 보았겠지
작년 눈은 생각 안 났을 거고
"승우야 이건 나비가 아니고 눈이야" 가르쳐 주었다
승우는 감정이 매우 풍부하다
승우가 시인이 됐으면 참 좋겠다는 생각이 든다
이 겨울의 나비를 보는 눈을 가진 시인이
나의 아들인가!

구슬도 두 개 있어

목욕을 시켰다
"아휴 승우 고추 많이 컸네" 했더니
"구슬도 두 개 있어" 한다
"어디"
"여기 있잖아" 하며 만진다
"엄마 구슬 하나 주라"
"속에 있으니까 안 돼 엄마 구슬 주면
승우 꽥 죽어 버려"
누가 구슬이라고 가르쳐 줬을까
친구들과 어울리니까
내가 가르쳐 주지 않는 것들도 알아 온다
좋은 것만 배워 와야 할텐데…

영탈이출潁脫而出 낭중지추囊中之錐

영탈이출潁脫而出 낭중지추囊中之錐,
송곳 끝 아니라 송곳자리까지
삐져 나올 거라는
사마천 사기에 나오는 이야기
조나라 평원군 이야기
모수가 자기를 써주면 송곳 끝이 아니라
송곳 자루까지 삐져 나올 거란 이야기입니다

※ 네이버 컴에서 가져옴

이 말은 사마천의 사기에서 나온 말인데요
등단할 때
최철훈 샘이 저한테 주신 말입니다
선생님 고맙습니다

샘! 가능할지 모르겠습니다

물 가운데 오리장에 가둬 버렸나 보다

등산을 갔다
최소한의 필수품을 넣고
배낭을 메고
달랑달랑 가벼운 마음으로 동구리 저수지에 오르다
어릴적 그 저수지를 내려다볼 때는 많은 것이 내게 왔다
쓰고 싶었고, 읊고 싶었고, 부르고 싶었고,
다슬기도 잡고, 돌팔매도 하고, 쑥도 캐고, 개망초 쑥부쟁이 꽃과
얘기도 하고,
돌나물도 캐서 두 손 가득 싸안고
"어디서 귀한 독나물[1]을 캤냐" 하시며 좋아하실 엄마 생각에
서둘러 내려오던 동구리 깔꾸막길[2]

한켠에 맨 처음 저수지를 만든
음악선생님 부친의 비석도 있었는데 없더라고!
나의 초등학교 때 음악선생님이셨는데
부친을 자랑스럽게 여기셨어요
남의 조상의 업적일망정 없애버린다는 건
좀 뭐하다라는 생각!
어디에라도 옮겨 놨을까…
그것도 그것인데

그 반짝이며 속삭이던 물들이 다 어데로 갔나

맬감는³ 물 가운데 서 있는

오리장⁴에 가둬 버렸나 보다

---

1 독나물: 돌나물

2 깔꾸막길: 꾸부러진 언덕길

3 맬감는: '쓸데없이'란 화순 고향어('맬갑시그래'라는 말을 많이 사용한다)

4 오리장: 인조 오리를 넣어두기도 한 곳임

빗방울을 안은 토란잎

아무리 더러운 방죽에서도
곱게 일어나 쫘악 펴는 손 연꽃
형님인지 동생인진 모르지만
이 세상 온갖 더러운 물질이 섞인 비가 와도
둥글둥글 굴리며
수정처럼 깨끗하게 만들어내는 손

손아!
빗물도 구슬처럼 굴리는 너는
방죽도 아닌 우리 밭 모퉁이에
거름을 달라고 물을 달라고도 않고
주는 대로 햇볕이 내리쬐는 대로 서 있구나

늦가을이 오면 줄기는 엄마에게
뿌리는 아빠한테 다 주고도
새봄이 오면
쭈욱 고개를 내미는 토란
버릴 것도 없는 너는
오리탕의 재료가 되어
한겨울 한 가족의 입맛이 되어주는
토란이구나

너는 남을 위해 깨끗이 길을 쓸어 봤냐?

 아침마다 메타세콰이어 잎이 진 매화동 4길을 걷습니다
도서관 가는 길이죠
그 길을 걸으며 내가 어느 숲속의 길을 걷듯
어느 작가가 된듯 착각에 빠집니다
메타세콰이어 잎이 엄청 떨어져 있는데도
그 길은 언제나 깨끗합니다
어느 할아버지가 아침이건 낮이건 항상 비로 쓸고 계시거든요
"복 받으시겠어요"라고 지나쳤는데
하수도 걸망까지 열고서 깨끗이 청소하시드라고요
어느 날 "성함이 어떻게 되세요" 하고 물어도
"내 할일 하는데요" 하시드라구요
어느 날 집에 들어가시는 할아버지를 봤는데
매화동 4길 최평우란 문패가 걸려 있었어요
다리도 불편하시던데 새해 복 많이 받으시고요
그 길을 걷는 사람으로서
'깨끗한 거리인 상'을 드리고 싶습니다

나에게
너는 남을 위해 깨끗이 길을 쓸어 봤냐?
부끄! 부끄!

지금은 당신 얼굴만이나 하오 (애기사과)

내가 사과라오
맹감만이나 하쥬
이만한 나를
애기얼굴만이나 만들더니
지금은 당신 얼굴만이나 하오
맛도 좋소
허나
삭신이 쑤셔서
봄인지 가을인지 구별하기 어렵소
당신을
전봇대만 하게 키웠다고 생각해봐
삭신이 늘어나서 서 있기조차 어렵다오
살려주…

사람 손이 안 타야 자연은 더 아름다워져

나팔꽃도 아침에 찍은 것과

오후에 찍은 게 다르네요

아침에는 동쪽에서 해가 뜨니 동쪽을 바라보고

오후에는 해가 서쪽에 있으니

서쪽 바라보고 있네요

오가며 그런가 보다 했는데

아침에 찍은 것과

오후에 찍은 사진이 다르네요

이뻐도 내려갈 수 없으니

더욱 이쁘네요

사람 손이 안 타야

자연은 더 아름다워져

누구든 줄 수 있는 여유

아침 일찍 밭에 가서 어제 덜 딴 깻잎, 모싯잎, 파 등 따 왔다
고구마 줄기도 엄청 굵다
며칠 안 온 사이 길을 막아 버렸다
저렇게 생명력이 좋으니 우리 몸에 좋을 거야
고구마 많이 먹어야 되겠다

그러나 봄에 사서 심은 씨는 싹이 나지 않았다
2층에서 준 씨도 싹이 나지 않았다
고구마에 싹이 나지 않도록 제초제를 해 버린 것이다
고구마도 내가 심어 안전한 걸 먹어야지!
작년에 토란 씨와 같이 있던 작은 고구마를
빨리 심어서 잘라서 또 심고 또 심고 했더니
밭 가득 찼다

고구마 잎줄기 따서 2층 11층 갖다 드리려고 묶어놨다
첫 수확인데도 한 단은
내가 힘들어서 반찬을 못 할 거 같아
윗동네 삼춘네 갖다 주기로 했다
코딱지만 한 땅에서 오늘 따온 깻잎만도
2, 3만 원어치는 되지 않을까!
어제도 큰 통으로 하나 가득 장아찌 해 놓았다

오늘 고되서 도서관에는 못 갈 것 같다

이렇게 평범하게 사는 삶이야말로

행복인 거 같다

누구든 줄 수 있는 여유

농촌 삶이 좋다

얼씨구~~~~~

그까짓 포스트 모더니즘이 뭐라고!

학문적으로 시클로프스키의 말이 맞다
틴트도 있어야 하고 아이러니 등 다 필요하다
그러나 하버드에 웬만한 인재가 가서 띄겠는가!
보통대학에서 인재는 수재가 되어 띄겠지요

시도 그렇습니다
모든 시가 시클로프스키의 문학론과 맞아진다면
시는 좋을지 몰라도
보는 대중이 없으면 낙서에 불가하죠

윤동주 시들도 하나도 어려울 게 없지요
이육사 님의 광야도 어려울 게 없습니다
그중 누구의 시일지라도 어려운 시가 있다면 백미겠지요
그러나 어느 문학제든 어려운 시만 원하니
독자는 멀어지고
시는 빛을 잃어 갑니다
누가 시를 읊은 사람이 없어요
문학제에서나 읊으려나!
신춘문예가 끝나면 20~30년 전만 해도 1월 1일 신문이 동이 났지요
어느 모임 자리에서
시 한 수 읊으면 멋진 사람으로 뽑혔지요

지금은 도서관에 신문이 널려있어도 보는 사람이 없습니다
당선작품이 한글이지만 러시아나 폴란드어처럼 멀고 멀어서
읽고 싶지 않은 지 오래됐지요
바꿔야 됩니다
유하의 나무를 낳은 새란 시처럼
쉽고 여운 있고 아름다우면 되지 않을까요?
심사위원님들!
바꿔! 바꿔!
작은 시인의 말입니다
그까짓 포스트 모더니즘이 뭐라고!

사마천 사기에 나오는 월석보

제나라 안영이 어느 날 외출을 했다
죄수복 차림의 월석보를 만났다
놀란 안영은 그 자리에서 말 부마를 풀어
그 말로 월석보의 죄를 갚고 집으로 데려왔다
집에 오자
안영은 월석보에게 인사하는 것도 잊고 그대로 침실로 갔다
얼마 안 가서 월석보가 안영을 뵙자고 청했다
교제를 끊고 싶다는 것이다
깜짝 놀란 안영이 당황해 몸차림을 바로 하고
사과한 뒤 물었다
나는 미흡하지만 당신을 재액에서 구해주었소
그런데 어째서 이처럼 빨리 절교를 하려는 것이요
물론
그 일에 대해서는 진실로 고맙게 생각하고 있습니다
군자는 자기를 모른 자에게는 굴복하지만
알아주는 자에 대해서는
능력의 전부를 나타내는 것이라고 들었습니다
나를 체포한 자는 나를 이해하지 못했기 때문에 체포했습니다
하지만 당신은 나를 한 번 본 것뿐인데도
죄를 대신해 주었습니다
나를 이해해 준 것입니다

그런데 이해하면서도
예의를 잊는 처사를 취했습니다
그렇다면 차라리 옥에 갇혀 있는 것이
더 나을 것 같습니다

안영은 이야기를 듣고 깨달은 바가 있어
월석보를 최상위의 식객으로 대접했다

『춘추전국시대』, 이연희

어찌 겨울을 보내려고

어찌 겨울을 보내려고…
대리천에
다른 왜가리는 전부 떠났는데
새끼 왜가리 한 마리
먹이 찾아 헤맨다
하천엔 왜가리들이 다 먹고 가 버려
가끔 고기들이 수영하는데
알에서 늦게 깨었나
새끼 왜가리 한 마리
어찌 겨울을 보내려고…
엄마 왜가리는
발길이 떨어졌을까!
혼자 남기고 가야 하는 마음
내년 봄!
두고 온 새끼 보려고 올 거야
지금은 왜가리가 철새가 아니고
텃새가 되었거든
너의 엄마도 가까이 있을지도 몰라!
여기 먹이가 없어지니 이사 갔거든!
너 혼자 외로울 것 같아
내가 시속에 너를 담는다

내가 무당거미이듯이…

무당거미
나보고 무당이냐구?
울 엄마가 무당이니 나도 무당이지!
작두도 타냐구?
다른 사람의 마음도 잘 읽냐구?
아—아니!
난 무당의 옷만 빌려 입었어!
아—아니!
빌려 입은 게 아니고
이미 내 옷이야
높은 사람들 어려운 일 생기면
다 남의 일이라고 하지만
빌려 입은 게 아니고
다 내 옷인 거야
내가 무당거미이듯이…
2021.10.3.

31층 아파트와 무당거미의 건축학

잠자고 쉬고 노는 주택
플러스
식량을 구축하기 위해
전망대를 세우는 건축학
걸렸다 하면 전망대에서 재빨리 내려와
꼼짝 못 하게 하는 무당거미

아파트!
저깟 게 뭐라고
아웅다웅 야단이야
생식맛을 모른다면
인간들아!
그대로 살아라
난 내 조상들의 건축학을 믿어!
식량까지 구축하는 우리의 건축학

나를 연구해봐
도로망 sns망도
다 내 안에 있을 거야
거미

범려의 삶

 사기를 읽다 보니 수많은 사람들의 삶을 엿보게 된다
사기 중 가장 멋지게 산사람은 누구 했을때
나는 범려 하고 외칠 것이다
어려울 때 친구와 있을 때의 친구가 다르다고 했던 범려
월나라를 둘로 나누자고 했던 구천을 뿌리치고
홀연히 떠나는 범려!
정치의 속성을 꿰뚫어 봤던 범려
다른 나라에 가서도 농사면 농사, 장사면 장사,
다 성공하는 범려
어이! 문종
토사구팽은 다 정해진 수순이라니까
나한테만은 토사구팽이 피해가진 않는다구…
알았남?!

범려 선생
나도 이제 알았다우! 고맙수다
좀 더 빨리 사기든 삼국지 같은
책을 봤어야 했는디…

4부

충신은 버려져도

제비집 앞에서

오묘

신기해요

사다리를 타고 올라가

엄마 제비가 곤충을 물고 올 때마다

나도 입을 쫙 벌려 봤는데

나는 안 주더라구요

계모인 거 맞지요 후훗

전설에서 우리의 감성을 되살리고 싶어요

낙엽 위에 겨울이

낙엽 위에 겨울이
새들을 위하여 검은 열매를 매달고 있네요
지구는 이렇게 순환하며
너를 위하여
짐승을 위하여
봄을 꿈꾸며
어울림하며 살고 있구나
새해 복 많이 받으삼

비는

비는 우리에게 많은 걸 준다
촉촉함 시원함 풍요로움
사람의 감정을 녹여주고
흘러내린 물은
땅속으로 들어가
언제 또 토라질지 모르는 기상을 대비해
물을
흙 속에 가두는 뚝을
건설하고 있구나

한 줌의 모래알들 중

늦게 꽃대가 올라온 유카가
영하3도인 오늘 꽃잎이 폈다
얼지 않고 피어준 유카에게
고맙다 말해주고 싶다
봄에 피었으면 더 크고 화려했을 것을!
봐주는 이도 나밖에 없는 거 같다
유카야!
나도 너처럼 신데렐라거든
신데렐라는 백마 탄 왕자가 있었지만
너와 난 페미니스트야
난 혼자 일어서서 여기까지 왔다
한 줌의 모래알들 중
그중의 한 알
한 줌 안에 든 것도 어딘데!

민족이란 결코 물이 아니고 피로 연결된 끈이라는 거…

정효, 정혜 공주는 대흠무의 둘째, 넷째 공주님
묘비에 대흠무를 황상이라…
부친 3대 왕 대흠무의 2, 4 공주님이었죠
지석에 황상이라고 분명 써져 있고요
신하가 왕을 지칭할 때 그렇게 부른다네요
대흠무 황상은 당과 맞먹는 왕이었죠
대무예 때 당의 수도를 공략해서 빼앗아 버렸죠
당의 우위가는 왕이었죠
그러니 그의 손녀 되는 이의 지석에서
부친 되는 흠무를 황상이라 불렀겠죠
1,500년 전 역사인데도
내가 마악 힘이 나는 거 있죠!
민족이란 결코 물이 아니고
피로 연결된 끈이라는 거…
대발해 만세
언젠간 다시 일어서기를!

능력이 있어야 역사도 지킬 수 있어요

요임금은 환웅의 막내아들이래요
치우천왕이 전쟁의 신이었대요
5,000년 전의 철제무기를 사용했대요
중국 황제와 싸워서 졌는데
하나라를 세운 황제가 요임금이래요
요임금은 환웅의 막내아들이었대요
그러니까 중국도 고조선이 뿌리인 셈이죠
고조선이 중국보다 앞선 나라이지요
치우천왕은 고조선의 장군의 이름으로
헌원과 싸운 거죠
그러니까 중국이 우리보다 역사가 짧은 거죠
치우가 17대 단군이 되었대요
여러분!
환단고기를 읽어 보세요
기운이 마악 나요
나도 신청했어요
번역본이 10군데 이상 있네요 인터넷 찾아보세요
한국인들!
힘내! 힘내!
−헌원이 황제고, 황제는 헌원의 이름입니다

의자왕을 팔아넘긴 예식진

예식진! 당에서 지금도 편하우?
의자왕이 당나라로 끌려갈 때
기록에 의하면
백마강 옆에 사는 사람들이 울었대요
만약 의자왕이 삼천 궁녀와 놀았다면 백성들이 울었겠어요
잘했다 그럴 줄 알았다 했겠지요
의자왕은 왕권 강화에 힘썼고 신라 47개 성을 함락하자
신라가 고구려에 원군을 요청했으나
받아들여지지 않자 당나라로 가서 나당 연합군을 만든 거죠
백제가 무너지니 고구려도 무너지고
사마천이 쓴 사기를 보면 다 똑같아요
소진의 합종책, 장의의 연횡책 옆나라가 쓰러지면
도미노 현상처럼 무너집니다
의자왕은 정치감각도 있는 인물이었는데
이긴 자의 역사서에…
그 후 문인들의 소제거리가 되었겠죠
예식진이 배반만 안 했더라면 한번 붙어볼 만했을 것을!
예식진이 좌평이었다는데…
흑치상지는 그 밑 달솔이었대요
사비성에서 웅진으로 천도했는데
산성의 이점을 살리지 못했네요

예식진!

지금도 잘 살고 있수?

편합디까? 배반하니까!

의자왕을 팔아 천오백 년간 삼천 궁녀와 놀았다는 굴레를 씌운 죄!

잊지 말도록!

지석에는

백제 웅천 인이라고 써져 있다메!

나라 팔아먹고 백제 웅천 인이라니!

하늘을 가르고 날아갈 때가 철새였지!

내 그림자 보고 우아하다고 하지만
난 배고프고 춥다우!
철새였을 때
하늘을 가르고 날아갈 때
너희 인간들은
내 눈 아래 있었는데
텃새가 되어버린 지금은
강아지 고양이보다 못하구나
내 힘으로 날아 먹이를 찾을 때.
그때가 새였어!
지금은 인간들의 문밖에서
동냥하는 각설이야
다시
하늘을 가르는 철새가 되어야지!
되어야지!

뱀 한두 마리 푹 과 먹으면

동백하면 김유정이 생각난다
물론 이 동백은 아니다.
김유정 동네에서는
생강나무를 동백이라 부른다네요
무슨 꽃인들 어쩌랴만
동백하면 김유정이 생각나고
뱀 한두 마리 푹 과 먹으면
병이 나을 것 같다던 유정
너무 순수해서
뱀 과 먹고 싶다는 그 말마저
순수해져 버리는 뉘앙스
오죽했으면!
살고 싶어 했던 그 마음마저
우리에게 꿈이며 희망이외다

뒷산의 푸르름이 햇볕을 타고

메주가 잘 떴다
설 막 세고
장 담가야지!
작년 된장도 있는데
올해 담은 건 모두 지인에게 보낼 선물용이다.
메주로 주면 서울은 햇볕이 안 드는 곳이 많아서
된장이 맛이 없단다
그래서 담가서 준다
우리 집은 햇볕 천국이다
뒷산 소나무의 푸르름이 햇볕을 타고
우리 아파트 베란다로 달려온다
시인은 어떻게 사나
시는 어떻게 쓰나 궁금하나 보다
햇볕아!
나는 게으르고 살림도 못 하고 어리숙하고
맨날 속고 사는
그렁저렁 아줌마란다

가을이 그렇게 가 버리듯

결혼하고
짧은 것 같지도 않은 여름이
휘 가 버리고
바람이 마ー악 불더니만
비바람이 줄기차게 내리더니만
새색시 셋방 부엌문 앞 석류가
붉게 익어 버렸다

큰방 아줌마는
노오란 바구니에 석류를 따 담고
하나쯤 갖고 싶은 새색시 마음 같은 건 아랑곳 없이
언제나 가을이 그렇게 가 버리듯 내 창틀 아래로
휘 지나가 버린다

어젯밤 서리에

눈을 떠보니
지붕 위 호박잎이 새파랗게 얼었다
겨울이 오려나 보다
잎 사이 사이에 새빨간 호박이
오동잎 져버린 빈 가지 너머
시처럼 보인다

오랜만의 친구와
만연사길을 가다
단풍이 가리개처럼 뒷산을 채우고
그림 같은 집 마당엔 붉은 감이 봄꽃처럼 피어 있다
나는 졸졸졸 흐르는 시냇물에 방망이질 힘껏 하며 빨래나 하고 싶다

보고 있어도 보고 싶은

인간에게만 사랑이 존재한다고
생각지 말게
보고 있어도 보고 싶은
보고 있어도 보고 싶은 그대가
나에게도 존재한다는 거
직박구리—

아파트 뒤꼍에 모란이 피었더라고

아파트 뒤꼍에 모란이 피었더라고
여왕의 옷자락처럼 휘날거리는 모습
벌이 들어가 수영해도 될 만큼 커다란 꽃가루밭
누구도 유혹하지 않아도
성큼성큼 다가올 것 같은 우아한 자태
그러나 누구도 빠지지 않으면 안 될 것 같은 아름다움

그러나 난
너를 가상에 배치하고 가운데 서서 사진을 찍고 싶다
그림으로나마 난 여왕이고 싶으니까

낮 달맞이 꽃

밤에 피어야
달을 마중할 게 아니요
그런데
인력으로 낮에 피는 꽃으로 만들었으니
몸이 얼마나 고단할꼬!
수천 년 조금씩 조금씩
밤에 피는 꽃으로 만들었는데
단시간 내에 낮 꽃이 되어 버렸으니
팔 다리 허리가 얼마나 아플거나…

개에게는 뼈, 책사에게는 돈

천하의 책사들이 합종하고 조나라에 모여 진나라를 공격하려고 했다

진나라 재상이던 응후는 소양왕에게 진언했다

근심하실 것 없사옵니다

소신이 진나라의 공격을 중지하도록 하겠나이다

그들이 진나라를 연합하여 치려 하는 것은

그들이 부를 누리고 싶어 하기 때문입니다

전하의 개를 보십시요, 누워 있는 개, 일어나는 개,

우뚝 서 있는 개, 가지각색이지만

싸우고 있는 개는 한 마리도 없습니다

그러나 뼈를 하나 던져 주면

당장에 일어나 물고 뜯기 시작하는 것은 왜이겠나이까?

그 뼈를 차지하려는 생각이 있기 때문이지요

응후는 당수에게 5천금을 주어 무안에 거처를 잡게 하고

대 연회를 베풀어 책사들과 같이하게 했다

그리고는 당수에게 일렀다

한단에 있는 자들 중에 누구든 돈을 가지러 오거든

진나라를 치려는 자에겐 돈을 주어선 안 되오

주어도 괜찮은 자에겐 얼마든지 써도 좋소

돈이 없어진다는 것은 효과가 많다는 것이니까

그리하여 당수가 아직 삼천금도 뿌리기 전에

천하의 책사들이 돈을 놓고 겨누다가

단결은 깨지고 서로 싸우기 시작했다
이런 이런! 어쩐다니!
진나라를 이길 수 있는 방법은
합종뿐인데 삼천 금에 책사들이 모두 넘어가 버렸으니…
이런 생각을 응후는 어떻게 생각해 내는 걸까
이세돌을 이긴 알파고는 응후 같은 생각을 할 수 있을까
마지막 인간의 자존심인 생각을 지켜야 되지 않을까

전국책 126

야! 교수야 땅 하기 싫으면 하지 마
나는 계속 하늘 할랑께!

나는 여기가 내 고향입니다
부모님 여기 산에 계시구요
제사를 여기 사는 내가 모셔야 되는데
아들집으로 가시지 딸래집으로 오시겠어요
멀어도 서울로 가시겠지요
그나마 교수 부부에 손자가 미국에 있고
아들 며느리는 박사에 석사에~~~~~~
비교가 되나요
여기 딸래미는
겨우 밥술 뜨고 사는 시인
하늘과 땅 차이죠!
교수가 하늘이고 시인이 땅일 것 같지요?
아닙니다
교수는 정체되어 있지만
시인은 꿈꾸고 이상을 향해가는 하늘이죠
야! 교수야! 땅 하기 싫으면 하지 마
나는 계속 하늘 할랑께!
교수는 내 남동생입니다
언제나 하늘이었는데
각자의 지붕 밑에 사는데

나도 하늘이어야죠

사실 땅이 없으면 어찌 하늘이 있겠습니까?

남자로 태어난 건 복이죠

딸들은 닭다리 한 번 못 먹어 보고 자랐죠

그런 거 동생은 몰라요

그것뿐이겠어요

상 차리다 보니 옛 생각이 나네요

그런 것이 당연한 줄 알았어요

바보처럼 살았군요

네~~~~~~~

그래도 그리운 건 옛날이죠

한 번도 불평해 본 적 없어요

내가 하늘이 될 거라고도 생각 안 했죠

내가 시인이 된 것도

내가 하늘이 되고 난 뒤 가능했어요

누가 돈을 줘야 책을 내죠

써놨던 시 지금 다 출판하려구요

시간 차가 있고 상황이 다르기 때문에 문제가 많아요

20살 때 쓴 시도 3권에 있어요

세월 많이 흘렀네요

김도향의

바보처럼 살았군요

Q~~~~~~~

충신은 버려져도 임금을 욕되게 하지 않는다

연 혜왕은 악의를 해임하고 기겁에게 병권을 맡겼다

악의는 병권을 넘겨주고 조나라로 갔다

석 달을 끌던 전쟁은

제나라 전단의 전략으로 연나라는

5년 전 빼앗은 70여 개 성을 잃고 며칠 만에 끝이 났다

연혜왕은 다 잡은 제나라에서 물러나게 된 일이 몹시 후회되었다

그러면서도 연나라를 버리고 조나라로 간 악의가 서운하였다

그리하여 악의에게 돌아오라는 편지를 보냈다

악의의 답장

옛날 오왕 합려는 자서 오원을 전폭적으로 신임했기 때문에 오나
라의 군대가

강한 초나라의 수도 영을 공략할 수 있었습니다

그러나 아들 부차는 오원을 믿지 못하고

마침내 그를 죽여 시신을 가죽에 싸서 강물에 던져 버렸습니다

부차는 선왕이 오원을 철저히 믿었기에

큰 공을 이룰 수 있었다는 사실을 깨닫지 못하고

오자서의 시신을 강물에 던지고도 후회하지 않았습니다

또 오자서는 두 임금의 도량이 같지 않다는 사실을

일찌감치 깨닫지 못하였기 때문에

죽어서도 눈을 감지 못하고 물귀신이 되어

월왕의 신하였던 문종의 귀신과 함께 전단강을 배회했다고 합니다

신은 오자서 같은 억울한 죽음을 면하여

선왕의 공적이 밝게 드러나도록 하는 것이 상책이라고 생각하였습니다

뒤에서 헐뜯고 비방하는 자들의 계략에 걸려들어

선왕의 명성에까지 누를 끼치게 될 것을 두려워하였습니다

예기치 못했던 죄가 신의 몸에 씌워짐에

요행으로 목숨을 건지고자 한 것이지

의리로 보아 신이 감히 연나라를 떠나려 하였겠습니까?

옛날의 군자는 교제를 끊을 때

상대방의 잘못을 입에 담지 않았고

충신은 억울한 죄를 쓰고 나라를 떠나더라도 자신이 깨끗하다고 주장하여

그 임금에게 허물이 돌아가게 하는 짓은 하지 않는다고 하였습니다

신은 비록 어리석은 사람이지만

군자의 가르침을 따르려 했던 것뿐입니다

하여 감히 글을 올려 신의 뜻을 밝히오니 대왕께서는 헤아려 주십시오

연왕은 그제야 악의의 진심을 알고

그때까지 연나라에 남아있던 악의의 아들에게

악의에게 내린 창국군을 세습하게 하였고

악의는 다시 조나라와 연나라를 왕래하며 두 나라의 객경이 되었다

치우 천왕님

우리나라 기왓장에 있는 도깨비가 누구일까 했는데
치우천왕님이래요
치우천왕님! 몰라 뵈서 죄송해요
내일 기와 모습 올릴게요
여러분들도 많이 본 모습일 거예요
역사책에 기록되어 있대요
역사책 이름도 내일
환단고기가 다 밝혀질 때까지
너무 멀어요
단군이 장자고 황제가 3자면
우리가 중국의 형의 나라네요
중국은 알고 있으면서
아닌 척! 모른 척! 했다는 말이잖아요
능력이 있어야 역사도 지킬 수 있어요
우리나라가 이제 쪼금 일어서네요
빈주먹으로라도
건배!

*헌원이 황제이며, 이름이 황제라네요

니가 남은 내 목숨의 끈이라는 거!

딸 하나
내가 아플 때마다 서울에서 내려와
이 병원 저 병원 데리고 다니고
집 안 청소며 반찬 해 놓고
돌아보며 돌아보며 서울로 간다
서울 가서는
아침에 한 번 저녁에 한 번 전화를 한다
행여
내가 죽어 버렸나 확인한다는 거
나도 안단다 딸아!
니가 남은 내 목숨의 끈이라는 거!
미안하고 고맙다

우리 동네 3층 93세 할머니의 말씀

스티브 잡스가 대표였다면!

지금 세상 사는 사람은 모르는 게 없어!

모르면 인터넷에서 찾으면 돼!

그렇다고 다 똑똑한 건 아니더라

모르면 또 찾아보면 되니까

잊어 버려도 되드라

모든 사람이 그러니까

친한 친구의 전화번호도,

부모님 전화번호도, 자식의 전화번호도,

잊어버려 지드라

찾으면 되니까

인간이 언제 바보가 될지 몰라!

컴퓨터의 노예가 될지도 모르지!

지금

누가 알파고를 이길 수 있어?

너무 잘 나가도 인기가 떨어지는 거 알아?

누가 알파고를 이기겠어!

이길 수도 있어야 도전을 하지!

알파고를 만든 회사는

영업 전략이 0점인 거지!

이길 듯 말 듯 해야 누가 도전을 하지!

이세돌 기사가 한 번 이겼을 때

전 세계가 환호했는데

알파고가 이기고 나니까

그날 이후 알파고는

땅으로 추락해 버렸지!

만약 스티브 잡스가 대표였다면 어떻게 했을까!

사업은 돈버는 게 목적 아니야

져 줘라 했을 것 같애!!

그럼 사람들은

알파고를 이기기 위해 많은 사람이

도전하지 않았을까…

땅에서 빌빌 기느니

도전자와 한판승을 벌인다

내 가슴도 짜릿해지네

그러나 그럴 일은 없어!

이미 땅에 떨어져 버렸으니까!